I0546669

LE PATRIOTISME

ET

LES OBLIGATIONS QU'IL IMPOSE

DANS LE TEMPS PRÉSENT

PAR

M. DESDEVISES DU DÉZERT

PROFESSEUR DE GÉOGRAPHIE A LA FACULTÉ DES LETTRES

εὖ, νίε

CAEN

IMPRIMERIE DE F. LE BLANC-HARDEL, LIBRAIRE

RUE FROIDE, 2 ET 4

1880

Cette Conférence a été faite à l'Hôtel-de-Ville de Caen, le samedi 17 janvier 1880, sous le patronage du Cercle caennais de la Ligue de l'enseignement.

LE PATRIOTISME

ET LES

OBLIGATIONS QU'IL IMPOSE DANS LE TEMPS PRÉSENT.

———

MESDAMES ET MESSIEURS,

Il y a peu de sujets plus sympathiques, plus justement populaires, et sur lesquels il semble qu'on doive être le plus d'accord, que celui dont je vais avoir l'honneur de vous entretenir. Le patriotisme, en effet, est un mouvement de l'âme de la nature la plus élevée, procédant à la fois de la raison et de la passion, s'inspirant uniquement de l'amour de la patrie, se vouant absolument à sa gloire ou à sa défense ; il est la source féconde des actions les plus généreuses, des dévouements les plus sublimes ; c'est une religion, comme la religion du drapeau ; c'est un culte, comme le culte du bien. Serait-ce seulement un mouvement spontané, instinctif, un sentiment, comme aiment à le peindre les poètes ; ou serait-ce un fruit de l'expérience, une leçon, comme le disent les historiens, ou encore une nécessité de la vie courante passée en habitude, comme le veulent les économistes ; ou serait-ce tout cela à la fois, et quelque chose de plus ? cette dernière opinion est la nôtre : oui, Messieurs, il y a quelque chose de plus, et ce quelque chose c'est le patriotisme lui-même. En quoi tient-il du sentiment ? que doit-il à la raison ? que doit-il à l'habitude ? quel est à proprement parler son caractère ? quelles sont les limites de son action, les règles qui président à son développement, les obligations qu'il impose plus particulièrement dans le temps où nous vivons ? Dans l'étude de ce grave sujet, je n'ai guère, pour me recommander auprès de vous, que la droiture de mes intentions et la sincérité de ma parole : vous accueillerez, Messieurs, un compatriote qui a vieilli dans des épreuves difficiles avec la tolérance due à sa longue carrière, et avec la courtoisie qui convient à votre ancienne réputation.

I.

Que le patriotisme se manifeste d'abord sous la forme du sentiment, principalement dans les temps de crise, personne ne le nie : c'est la seule forme accessible aux masses; riches ou pauvres, savants ou ignorants, tous l'adoptent, et en ressentent les effets. C'est là un sentiment général, naturel, qui éclate à tout moment, naît à tout âge, sans que les années puissent le refroidir, et Corneille en a donné dans le vieil Horace un type immortel, égalé de nos jours par les Denfert et les Daumesnil. Il redouble d'énergie en face du péril; si le pays est envahi, ou seulement menacé, il devient national; il se répand d'un bout à l'autre du territoire comme une traînée de poudre, et nous inspire à tous la même ardeur. Instinctif et passionné, il rassemble en lui-même tout ce qui ne s'apprend pas : la bonté du cœur, les vertus de famille, l'amour paternel et conjugal, la piété filiale, l'amitié fraternelle, le dévouement à ses semblables, les fraternités d'armes dont l'histoire est pleine, et, comme ces vins généreux des contrées du midi, qui s'élaborent en quelques mois sous l'action d'un soleil de feu, il engendre et entretient la chaleur de l'âme par l'union de ses plus nobles facultés dans une œuvre commune. Mais, dans la nature, rien, à vrai dire, ne s'improvise; il faut à la vigne, même sous un ciel ardent, un terrain fécond, une exposition favorable, une culture assidue; le vin lui-même n'arrive à sa perfection qu'avec des soins intelligents, il a, comme le raisin, son degré de maturation et son temps de prise. De même, le patriotisme a besoin de culture; son essor sera plus vigoureux, son éclat plus durable, si le sol est mieux préparé, et ses racines seront plus profondes, ses fruits plus beaux et plus abondants, si les sources pures qui l'alimentent entretiennent incessamment sa fraîcheur. Le patriotisme implique aussi l'amour du clocher, moins pour le clocher lui-même que pour les idées que le clocher abrite et qu'il symbolise : le clocher n'est là que pour arriver au village, et parce que, sur la route de la vie; on l'aperçoit de plus loin. En effet, dans les temps où il n'y a pas encore de clocher, dans l'antiquité par exemple, l'idée existe, elle est présente, et se choisit un autre symbole : ici l'agora, ailleurs l'atrium, ailleurs un bois sacré ou la tombe des ancêtres, tout ce qui peut fortifier les traditions et ranimer les souvenirs.

Que d'efforts, dans ces temps primitifs, où les moyens faisaient défaut, où l'on n'avait ni l'écriture, ni les monuments, ni les sciences, ni les arts ; où la langue, à peine formée, ne permettait que de pourvoir aux premiers besoins ! Que de naïveté dans ces essais grossiers dont partout les investigateurs patients de l'époque contemporaine ont retrouvé la trace ! De là ces pierres, souvent énormes, disposées dans un ordre mystérieux, et dont le nombre et le volume confondent l'imagination ; de là ces dessins bizarres, variés à l'infini, que la science a soigneusement recueillis dans l'intérieur des continents et des îles, et presque toujours inaccessibles à l'interprétation ; ces points de repère gravés sur les rochers, sur l'écorce des arbres, ces chants nationaux, ces rapsodies où les vers s'entassent par milliers, que l'on met vingt ans à apprendre, et qui ont fait pendant des siècles entiers toute la littérature d'un peuple, et toute son histoire. Qu'ils rappellent la hutte, la tente où le village, le campement de la tribu, l'assemblée des chefs, ou qu'ils célèbrent un succès, un revers, des noces, des funérailles, ces essais prennent naissance dans un même sentiment, le patriotisme, identifié avec l'amour de la famille et l'amour du pays. Les sociétés, dans leur enfance, ne distinguent pas, ne raffinent pas ; pour elles, le patriotisme, c'est l'amour du chez soi, l'amour de soi.

Dans cette forme de patriotisme, si favorable à la poésie, une large part est faite à la nature : le sentiment s'en inspire et lui dérobe ses couleurs. Mais, contrairement aux procédés habituels de l'art, il néglige complètement l'idéal et n'a d'autre souci que d'être vrai. Ce n'est pas un tableau qu'il compose, c'est une empreinte qu'il demande, une épreuve de photographie. Que l'air soit épais ou pur, que le climat soit sec ou humide, peu lui importe ; il s'accommode d'un ciel gris, et la pluie lui convient comme le beau temps ; il s'arrange des arbres, quand il y en a, et quand ils font défaut, il s'en passe ; les ajoncs et les bruyères lui conviennent aussi bien que les fleurs, le rocher aussi bien que le marais ou la prairie : tout lui est bon et tout lui sert de cadre, pourvu que le paysage lui appartienne dans l'ensemble et dans les détails, qu'il soit fidèle, et qu'il n'ait rien d'emprunté. Si vous embellissez, vous choquez. Sous ce rapport, le Hollandais est le même que l'Athénien, il ne veut de myrte qu'en serre. Le Lapon, transporté à Paris, y meurt phthisique, et le renne comme le Lapon; le nègre est phthisique au pôle. Le Cafre, à Londres, quitte le dîner de la reine, se jette sur un poulet, le déchire, et boit son sang. C'est le milieu régional, et quand certaines natures impressionnables y sont soustraites, elles dépérissent; elles ont le mal du pays, sorte de spleen, contre lequel la science est impuissante le plus souvent.

Si, dans ce cadre naturel, nous pénétrons plus avant, jusqu'au cœur de la famille, le sentiment n'est pas moins puissant, et son influence n'est pas moins grande. Là tout prend un corps et un visage: le toît héréditaire, l'appartement, les meubles, les peintures, le verger, la vigne. C'est le milieu domestique, où l'on a grandi sous la tutelle indulgente d'un père et d'une mère, où tout rappelle un petit accident ou une grosse colère, un jeu favori, un baiser, une larme, une niche peut-être, et dans ce monde du premier âge dont l'horizon est un mur de clôture, il n'y a pas de détail indifférent. Voici l'armoire où les jouets étaient renfermés pendant les heures d'étude, la bibliothèque où plus d'un livre à images a fait la joie du père avant d'amuser les enfants, le bureau où l'on écrivait les dictées, la pelle en bois qui ravageait le sable des allées, la charmille où l'on se cachait aux heures du travail, le petit jardin où l'on entassait avec plus de bonne volonté que de goût les fleurs données aux jours de fête ou dans de rares accès de libéralité. C'est encore le bassin où l'on emplissait l'arrosoir, où les sœurs faisaient en babillant la lessive de leurs poupées. Tout vit et respire dans ces lieux aimés, et revêt au premier appel de la mémoire la teinte brillante du printemps.

Plus curieux, l'œil de l'adolescent franchit les obstacles; le mur est dépassé; les rigoles et les haies ne sont plus des entraves, le quartier, le village lui-même, sont bientôt épuisés, et chaque jour révèle un pas de plus, un fait nouveau. Mais quoi qu'on fasse, en général on ne s'écarte guère, et le champ d'action ne va pas toujours aux limites du canton. L'homme, dans sa maturité, s'étend davantage, aujourd'hui surtout que la seule nécessité de vivre et de pourvoir à la vie de toute une famille exige tant et de si grands efforts; mais a-t-il, dans cette lutte quotidienne, quelques heures de répit, quelques jours de vacance, il revient, s'il le peut, à ce qui fut son berceau, il revoit avec émotion l'asile de ses jeunes années; il se plaît à l'accroître et à l'embellir. Quand il vieillit, ce ne sont pas les soucis de l'âge mur qui lui reviennent à la mémoire; ce sont les paisibles impressions de son enfance, plus présentes à mesure que le temps semble devoir les effacer : les affaires sont oubliées depuis longtemps, que les joies de cet âge heureux sont encore vivantes, et c'est la vie publique qui a laissé le moins de traces. Quant au sentiment, il règne toujours, et en se transformant il garde son caractère : c'est le culte du passé ; l'enfant donne la main au vieillard.

, Que ne fournirait pas cette source limpide, où s'abreuve l'âme ardente des poètes, s'il nous prenait fantaisie d'y puiser ! Que de vers sublimes, de tableaux saisissants, de descriptions émouvantes ! Quel attrait dans les détails de l'armement, du costume ! Quelle douceur dans la langue et jusque dans l'accent ! L'attendrissement va quelquefois jusqu'aux larmes. La patrie ne s'emporte pas à la semelle de ses souliers : c'est vrai, et l'image est belle, mais elle est païenne, et beaucoup de choses s'emportent qui aident à supporter l'éloignement de la patrie. Si éloigné qu'on soit, la distance s'abrége quand on rencontre un compatriote, quand on entend parler sa langue, et si par hasard ce compatriote est du même département, du même canton, si, comme on le dit énergiquement, c'est *un pays*, elle disparaît tout à fait.

> Je dirai : j'étais-là, telle chose m'advint ;
> Vous croirez y être vous-même.

Que serait-ce, si, au lieu de l'absence, nous supposions la captivité, l'exil, une longue période d'isolement forcé et de misère ! Sans doute nous n'admettrons pas au bénéfice de notre compassion ou de notre sympathie ceux qui, emportés par leur ambition ou leur avidité, courent le monde pour faire fortune, et regrettent chez les Maoris ou chez les Canaques les cigares de la havane ou le bitume de nos boulevards ; il n'y a là que du dépit, et un égoïsme aussi pitoyable que ridicule. Mais nous faisons volontiers entrer en compte tout ce qui s'applique à la France elle-même, à son heureux climat, à la libre existence qu'elle donne à ses fils, aux ressources qu'elle prodigue, au rang qu'elle tient dans le monde, et que par notre dévouement nous lui assurons. Nous ne cherchons pas subtilement s'il ne se cache pas un peu d'intérêt personnel dans ces regrets ; il suffit qu'ils soient légitimes, et qu'ils ne procèdent pas nécessairement de l'égoïsme. Sans doute ces impressions découlent naturellement de la famille, mais elles n'en sont pas inséparables, et peuvent très-bien exister sans elles. Un orphelin, un invalide, un vagabond peuvent les ressentir : le pâtre au milieu des bois, le mendiant dans la rue, le prisonnier sous les verroux, le voyageur dans les steppes et les sables. Il suffit d'avoir un cœur sensible, et accessible au bien.

II.

Telle est la part du sentiment : voyons maintenant celle de l'histoire. Le passé, ce précepteur du présent, presque aussi mal écouté que les autres précepteurs, met l'homme en face des autres hommes, l'oblige à comparer les époques, les caractères, les institutions, les productions, les intérêts, les pays, et, en apportant de nouvelles notions, il crée de nouveaux devoirs. Il apprend à déterminer avec plus d'exactitude ce qui partout doit être le même, le juste, le beau, le vrai, le bien, pris absolument et dans leur essence ; il apprend à tolérer dans autrui ce qu'on n'accepterait point pour soi, ce dont on ne voudrait point chez soi, mais seulement quand c'est véritablement tolérable, c'est-à-dire lorsque ce n'est pas préjudiciable, et que la tolérance est elle-même payée de retour. Il apprend encore à défendre chez soi ce qu'on veut pour soi, quand cela ne nuit pas à autrui, ou quand on ne trouve pas chez autrui la réciprocité à laquelle on a droit. Ainsi, Messieurs, on ne perçoit pas seulement : on distingue, et en distinguant on crée la patrie, qui n'est autre chose que le milieu dans lequel se meuvent nos intérêts et nos passions, distingué nettement des autres milieux.

Mais, en créant la patrie, qui n'est que l'asile respecté de nos passions et de nos intérêts, nous nous obligeons du même coup à protéger cet asile contre toute atteinte, sachant bien que ces atteintes, c'est nous qui les subissons ; que le préjudice, c'est nous qui l'éprouvons ; que, dans le choc de notre pays contre un autre pays, il y a pour chacun de nous un dommage, et que ce dommage, nous serions impuissants à le prévenir ou à le réparer, si nous ne nous unissions pas contre nos adversaires, unis eux-mêmes contre nous, dans le même but et pour les mêmes raisons que nous. De là une science chaque jour plus délicate, la politique, simple, on le dit du moins, dans ses principes généraux, mais infiniment complexe dans ses applications, incessamment renouvelée, se perfectionnant tous les jours, et dont le perfectionnement est, à vrai dire, l'élément principal de l'histoire du progrès. Perfectionnement heureux et légitime, tant qu'il a pour conséquence d'atténuer les chocs, de les rendre plus rares ou moins violents ; perfectionnement chimérique, et plein de déceptions et de périls, s'il visait à une unité impossible, à une uniformité que tout repousse, contre laquelle tout proteste, et qui ne serait que l'amoindrissement des intelligences, et un servage déguisé !

Il y a donc dans l'histoire une leçon et un écueil : parlons d'abord de la leçon. La leçon, c'est le progrès de la raison publique : elle est excellente ; elle proclame à haute voix, avec des preuves surabondantes à l'appui, que le temps dans lequel nous vivons est le meilleur, et le plus favorable au développement de la nation comme de l'individu, et que, malgré le triomphe passager des uns, dont personne n'a été plus étonné qu'eux-mêmes, malgré la grande prospérité des autres, la France demeure le pays le mieux pourvu de tous les éléments du bien-être, et le plus richement doté. Le sage auteur d'*un heureux coin de terre* l'a fort bien établi, et tous les hommes éclairés sont de l'avis de M. de Montalivet. Partout, en effet, depuis soixante ans, la France a changé de face. On a jeté des ponts, creusé des canaux, multiplié les chemins de fer, desséché les marais, créé ou amélioré les routes. Les gouvernements qui se sont succédé ont rivalisé de zèle pour le bien-être général, et ce qu'ils n'ont pu entreprendre, l'association s'en est emparé. Les édifices publics, mairies, tribunaux, presbytères, halles, marchés couverts ont été transformés ; jamais on n'a bâti ou réparé plus d'églises, donné plus d'élan aux travaux publics, une base plus large et plus solide au crédit ; jamais on n'a plus défriché, plus reboisé, plus assaini, mieux réglementé l'usage des forêts et des cours d'eau ; jamais le laboureur n'a reçu plus d'encouragements, plus de conseils utiles, plus de secours ; jamais le peuple n'a été mieux logé, mieux habillé, plus copieusement nourri, plus largement associé au bien-être des autres classes. Ce qui ne se pouvait pas sur un point a été essayé sur un autre, et une étude intelligente des terrains a créé des miracles. Sous l'influence d'une administration protectrice, les cultures les plus lucratives se sont accrues dans des proportions incroyables, et malgré le progrès de la population, le pays a été mis à l'abri de la famine. La pomme de terre s'est étendue autant que la vigne, et la valeur de la propriété foncière a triplé et quadruplé. La plupart des communes ont vu naître sur leur territoire ou à leur portée les industries les plus nécessaires, et l'équilibre s'est établi entre l'offre et la demande. Enfin, on a en quelque sorte renouvelé l'instruction primaire, et chaque centre de population a été pourvu d'un instituteur payé par l'État. Les mœurs se sont, comme toujours, adoucies au contact de l'aisance, et le bonheur, qui trouve partout les portes ouvertes, est devenu l'hôte favori du paysan.

Tout cela est vrai sans doute : cependant, même après cet observateur sagace, si bien placé pour voir, on peut ajouter au tableau quelques traits qui le complètent, et qui ne le déparent pas. Ainsi, quoique pour les cabarets nous soyons moins heureux, et que nous ne puissions pas dire ici comme dans le Cher : *on boit mais on ne s'énivre pas;* nous n'aurions pas besoin de chercher longtemps pour trouver dans la Manche ou dans le Calvados des localités aussi florissantes que Couargues et St-Bouize, et qui aient fait autant de progrès depuis le premier empire. Nous prouverions encore que le bien peut s'accomplir sans recourir à l'union des grands propriétaires, dont les immenses domaines sont peut-être une source de richesse pour eux, voire même pour le pays, mais ne sauraient être un bien pour le paysan, et nous pourrions, sans médire, préférer à cette union des grands propriétaires l'union des petits, plus nationale et plus solide. Nous voudrions honorer journellement le patriotisme au sein de la paix dans ceux qui vivent, au lieu de le célébrer exceptionnellement en temps de guerre dans ceux qui sont morts; nous voudrions voir un souffle libéral animer cette population laborieuse, et n'avoir pas à considérer l'aisance générale comme l'élément unique ou même principal de cette incontestable prospérité. Telles sont les lacunes qui nous ont paru exister dans une œuvre d'ailleurs excellente. Nous ne disons plus seulement aujourd'hui : enrichissez-vous! nous disons encore : si vous voulez conserver ces richesses, si légitimement acquises, et en user dignement, instruisez-vous! L'instruction seule vous donnera le sentiment exact de vos devoirs, et la force de les remplir.

Voilà pour la leçon. L'écueil, Messieurs, est de tout autre nature, et il est surtout une conséquence du progrès des idées économiques. C'est l'épanouissement exagéré de l'individualisme ; c'est l'aveuglement qui naît trop souvent de l'excès du bien ; c'est l'orgueil théorique, qui croit le passé mort à jamais et l'abus éteint comme le passé ; c'est la sécurité présomptueuse, qui nie le mal ou le déclare impossible, pour ne pas avoir à s'en défendre. L'individualisme est un fléau, quand il fait de chaque homme un monde et de chaque famille un État dans l'État, et la vanité humaine est souvent si prodigieuse, que cette formule, malgré son apparente exagération, demeure vraisemblable. Qui n'a rencontré sur sa route cet aveuglement du parvenu, pour lequel il n'y a plus de pauvres depuis qu'il a cessé lui-même d'être misérable, et qui, par économie, a proscrit la pitié ? Et le passé, Messieurs, qui oserait dire qu'il est mort à jamais ? L'abus, qui oserait le croire extirpé, quand, dans des traités dogmatiques récents, les hommes en apparence les plus autorisés font revivre les prétentions et les idées les plus dangereuses ; quand, pour revenir plus sûrement à un ordre social légitimement condamné, on s'en prend à tout, même au Code civil ; qu'on exalte à outrance la grande propriété pour avoir plus aisément raison de la petite ; qu'on cherche à affranchir le droit de tester de restrictions salutaires, pour arriver à reconstituer les majorats ; quand ces tentatives, et bien d'antres que vous savez, sont faites contre les libertés acquises, au nom et avec les armes de la liberté ? Qui ne sait le mal que nous a fait la sécurité présomptueuse, et qu'elle ne manquerait pas de nous faire encore, tant la pente est naturelle, si nous n'opposions pas à cette lâche tendance des natures pusillanimes une ardeur virile et une vigilance de tous les instants !

Sans doute le mal ne triomphe pas toujours ; sans doute encore il sera moins que jamais triomphant : la lumière brille, en effet, et le mal se plaît dans les ténèbres. Mais le mal ne meurt pas et ne mourra jamais, car le mal c'est l'épreuve, c'est la liberté du choix, c'est la moralité de la vie. Qu'on le prenne comme on voudra, philosophiquement, comme nous, théologiquement ou économiquement comme tant d'autres, le mal est immortel comme le bien. Cette immortalité du mal, c'est l'immortalité de la lutte, et c'est ainsi que de l'écueil l'histoire nous ramène à la leçon. Mais, si le mal est immortel, et que le progrès de la raison publique règle seul la marche du bien, c'est évidemment à deux conditions. D'abord il faut respecter autrui, pour s'assurer le droit d'être respecté soi-même ; il faut reconnaître ce qui est de l'essence de l'humanité tout entière, et l'appliquer à tous indistinctement, reconnaître aussi ce qui est de l'essence de la nationalité, et le maintenir invariablement contre tous : ainsi, par exemple, fixer soigneusement les bornes du pays d'après les données naturelles et les traités ; résoudre avec sagacité et prévoyance les problèmes économiques ; tracer une ligne de défense capable d'être respectée ; établir nettement à tous les points de vue ce qui est et ce qui n'est pas à soi. Il faut encore ne pas laisser s'égarer son sentiment, ne pas confondre ce qui devrait être avec ce qui est, les aspirations avec les faits, l'idéal avec le réel, la spéculation avec la pratique, la morale avec l'histoire, la grâce avec le droit. Voilà ce dont l'histoire nous avertit : il n'est pas nécessaire de s'étendre pour faire comprendre à tous qu'un juge n'est pas un courtisan, qu'un géographe n'est pas un orateur, qu'un philosophe n'est pas un musicien. Ici, Messieurs, nous sommes en présence de l'inexorable ; nous n'avons pas le choix : il faut que nous l'acceptions ou que nous périssions. Cachons l'inexorable sous des fleurs, si nous en avons le goût, et applaudissons, si les fleurs suffisent, mais soyons vigilants, et que l'on sente le fer, si l'on s'avise d'y porter la main.

III.

J'ai essayé, Messieurs, de me faire comprendre, et vous m'avez certainement compris, mais en vous demandant peut-être où je voulais en venir, et je n'en suis pas absolument surpris. Ce sont là, en effet, des idées générales : chacun peut, même en les trouvant justes, demeurer embarrassé en ce qui le concerne, et dans sa vie quotidienne, souvent obscure, destinée à l'être toujours, il peut ne pas voir clairement où cela conduit. Que peut bien être pour lui le patriotisme? Il comprend aisément qu'en face d'une situation critique qu'il n'a pas cherchée, d'un péril qui vient le trouver, il cède au sentiment, à l'élan, à la contagion de l'exemple ; qu'il défende les personnes pour lesquelles il a du respect ou de l'amitié, les choses pour lesquelles il a un culte, la maison qu'il a bâtie, le village où il a pris naissance, l'usine qu'il a créée, l'argent qu'il a gagné. Il comprend encore que l'obligation grandisse avec l'épreuve, que le cercle s'élargisse, qu'il y ait une solidarité étroite entre lui, habitant de l'ouest, et les autres Français qui habitent l'est, et qu'il doive s'unir temporairement à eux contre l'ennemi commun, pour conquérir plus rapidement et plus sûrement un repos nécessaire. Mais que peut-il aux questions diplomatiques ou économiques, dont il ne comprend pas un traître mot? Que peut-il aux questions financières ou militaires, tout aussi ardues, et qui se règlent fort bien sans lui? Eh bien! Messieurs! j'arrive au cœur de mon sujet ; c'est précisément ici que se révèle le caractère de notre temps, et tout d'abord je vous prie de me permettre une comparaison.

Il y a tantôt cent quatre-vingts ans, lorsque les Vauban et les Boisguillebert, victimes de leur amour pour la chose publique, étaient considérés comme des novateurs dangereux, et relégués en Auvergne, ou que leurs ouvrages étaient mis au pilori, lorsque l'abbé de Saint-Pierre était exclu de l'Académie, que Saint-Simon rédigeait ses Mémoires clandestins, et qu'il fallait un changement de règne pour imprimer le *Télémaque;* avant d'Argenson, avant Jean-Jacques Rousseau, tout était à faire, et l'ignorance égalait l'oppression. Dans les campagnes, le servage, la taille, la corvée, l'interminable série des droits féodaux (1) ; dans les villes, la tyrannie des corporations, comprimaient tout essor ; le peuple ne savait pas lire, et était dévoré par les collecteurs et par les gens de loi. On allait aux galères pour avoir fabriqué en secret une petite provision de mauvais sel, ou pour avoir fait l'école buissonnière à la suite de quelque pasteur. Les nobles, peu éclairés eux-mêmes le plus souvent, ne songeaient pas à modifier un ordre de choses dont ils avaient le bénéfice, et pourvu qu'on leur obéît ponctuellement tous les jours de l'année, ils se résignaient à obéir quelquefois au roi. Mais il se trouva quelques hommes de génie qui s'indignèrent d'aussi grands abus : enhardis par la faiblesse et l'incapacité du maître, ils écrivirent ; on applaudit à outrance ; la mode s'en mêla, entraînant la noblesse elle-même, et sur leurs traces toute une légion de travailleurs, la plupart demeurés obscurs, s'acharna à l'œuvre commune, exploitant chaque jour le public, dont la curiosité, une fois éveillée, devait être infatigable, et mettait vingt années à élever son monument, l'Encyclopédie.

Voilà, Messieurs, la première ligue de l'enseignement, la seule qui fût alors possible, la ligue du livre. Elle avait à sa tête Rousseau, Voltaire, Diderot, Morellet, Mably, quelques disciples de Montesquieu ; elle s'adressait aux adultes, et parmi les adultes aux lettrés, membres de la bourgeoisie ou de la noblesse de robe, magistrats, avocats, procureurs, financiers, croupiers ; aux militaires, aux membres des Académies et des Sociétés savantes, déjà répandues sur tout le territoire, aux hobereaux, ou nobles campagnards qui, réduits à s'ennuyer dans leurs terres, et déjà gênés, se mettaient à lire par désœuvrement et par économie, enfin, à cette partie de la nation qui déjà était préparée, et que sa condition intermédiaire soustrayait à la plupart des maux et des abus du présent. L'effet fut prodigieux, et dépassa les espérances ; tous les contemporains l'ont constaté dans leurs écrits ou dans leurs actes ; la plupart des œuvres de cette époque ont une spontanéité et une force d'expansion qui montrent combien l'inspiration était soudaine, unanime, et pour ainsi dire irrésistible ; on ne chantait pas seulement, quoiqu'on chantât beaucoup ; on critiquait, on démolissait, et si en 1789, comme on l'a dit avec éloquence, la Révolution, près de passer dans les faits, était déjà accomplie dans les idées, c'est que la propagande existait depuis cinquante ans, et que des hommes de génie n'avaient pas dédaigné de s'en déclarer les grands prêtres. Comment nos pères auraient-ils pu hésiter avec de tels guides ! ils

(1) M. Taine les évaluait récemment à 80 °/₀ de revenu.

marchèrent en avant ; la France et le monde leur durent leur liberté, et la vue de ces belles choses, que Voltaire avait annoncées, sans avoir le bonheur d'en jouir.

Aujourd'hui, Messieurs, en face de nouveaux besoins et d'un nouvel état social, nous sentons la nécessité d'une ligue nouvelle, beaucoup plus étendue, beaucoup plus précise dans son action, la ligue de l'école, qui lutte définitivement contre l'ignorance et contre l'erreur, qui ne s'adresse plus seulement aux adultes, mais au premier âge, qui attaque les abus à leur source, et qui ne laisse rien semer pour n'avoir rien à déraciner. Mais, diront quelques habiles, « que reste-t-il donc à faire ? Quoi ! dans cette situation florissante, qui, après tant d'épreuves douloureuses, est un sujet d'étonnement pour les autres nations, vous vous trouvez arriérés ! jamais, et nos statistiques le proclament, jamais on n'a mieux su en général les premières notions de toutes choses ; jamais il n'y a eu plus d'individus à savoir lire et écrire, à connaître passablement le calcul et l'ortographe ; beaucoup apprennent l'histoire générale, et les principales règles du style ; quelques-uns prennent goût à la géographie. » C'est vrai, et nous en convenons volontiers ; la statistique le dit, et quoique des départements tout entiers soient encore rebelles, qu'il y ait, là comme ailleurs, bien des points noirs, il y a du mieux, beaucoup de mieux. Mais ce qui suffisait autrefois ne suffit plus aujourd'hui pour être patriote, et, même dans les temps de crise, il serait trop aisé de faire voir que, si on s'en contentait, ce serait une cause très-importante d'infériorité. Le grossier débrouillement des esprits qui a longtemps constitué toute l'instruction primaire, et qui, jusqu'au seuil de la funeste guerre de 1871, était considéré volontiers comme suffisant, n'est à vrai dire que l'instruction d'un peuple gouverné ; pendant longtemps, plus d'un parvenu, qui y trouvait son compte, a fait prévaloir dans son arrondissement ou dans son département, l'opinion qu'il fallait se garder de passer outre, et que la prudence ne le permettait pas. Ainsi parlait Voltaire lui-même, grand patriote, mais gentilhomme de la chambre, qui faisait des choses de l'esprit un régal, et croyait consciencieusement que le niveau s'abaissait, quand il s'étendait. Mais c'est le privilége de la lumière de se communiquer sans s'affaiblir, et de se propager sans s'altérer. L'instruction d'un peuple qui se gouverne a des exigences impérieuses, et ce qui serait dangereux aujourd'hui, ce serait de songer à s'y soustraire. Voilà la vérité.

Qu'est-ce donc aujourd'hui qu'un homme ? un laboureur, un

artisan, un commerçant, un fonctionnaire, un rentier ? (Il y en a encore quelques-uns dans les faubourgs.) Non : l'homme est tout cela, et plus que cela ; il est surtout un citoyen, appelé, dans une société qui continue pacifiquement son développement régulier , à prendre connaissance de toutes les questions, à exprimer librement sa pensée , à user légalement des moyens de la faire prévaloir , à donner la sanction de son vote à son opinion, directement ou indirectement, dans toutes les affaires locales ou générales , à discerner le mérite de l'intrigue , le dévouement de l'ambition dans le choix de ses mandataires, et surtout à rejeter absolument les ouvertures de ceux qui prétendent le conduire, à déjouer par sa prudence leurs vues intéressées , et leurs projets ; il faut qu'il arrive à se passer d'autrui , à connaître, sommairement sans doute, mais suffisamment , ce qu'il y a cent ans connaissait la seule bourgeoisie, et même ce qu'elle ne connaissait pas ; ce qu'elle ne pouvait pas connaître, ce qu'on a découvert ou perfectionné, ou institué depuis. Il faut qu'il soit initié aux principes les plus purs de la morale, qu'il profite de la sagesse de tant de siècles, que notre époque excelle à résumer, qu'à défaut d'hommes de génie , si, comme on le prétend, ils font défaut, il profite de l'expérience de tant d'hommes de talent, consciencieux et bien intentionnées. Il faut que les progrès si remarquables de toutes les sciences lui soient familliers, qu'il ait une idée générale exacte des grands principes économiques, du maniement des affaires publiques, qu'il voie clairement la répartition du travail administratif, le fonctionnement du budget, qu'il comprenne l'origine, la nécessité, le caractère sacré de la dette nationale , l'importance croissante du commerce et de l'industrie, la solidarité de toutes les grandes nations du monde dans l'échange des produits , les crises du marché, la balance des charges et des bénéfices, le rôle prépondérant des travaux publics , les bienfaits de l'instruction à tous les degrés et dans toutes les carrières, et, dans ce sens , le droit de chacun à tous les emplois, à la seule condition de valoir mieux. N'y a-t-il pas là un magnifique programme , vraiment nouveau , vraiment libéral , et digne d'une nation en pleine possession de ses destinées comme la nation française ?

Cependant , Messieurs, ce n'est pas tout, et dans ce programme si vaste il n'y a que de l'instruction ; le côté moral n'est pas abordé. Il faut encore que le citoyen, s'il veut être patriote , et patriote dans la paix, de ce patriotisme quotidien , plus fécond et plus difficile que l'autre , qu'il apprenne à être modéré dans ses aspirations, qu'il sache y renoncer, ou les faire taire, quand elles sont opposées à la volonté du pays ; qu'il se soumette sincèrement, sans arrière-pensée, sans manége et sans bouderie ; rien ne dispense en effet le citoyen de l'obligation d'être utile ; celui qui boude n'est pas un patriote ; ici, ce n'est plus un homme, mais une famille, une nation qui parle et qui commande ; on peut bouder en face d'un homme, on ne boude pas en face de son pays. Si l'on désire une chose, et qu'on essaie de la faire prévaloir, il faut qu'on soit patient dans l'exécution, légal dans les moyens, discret dans le triomphe. Indulgent avec les hommes, implacable avec les abus, l'honnête homme ne séparera jamais sa famille de son pays, son intérêt privé de l'intérêt public ; il s'appliquera loyalement les principes et les règles qu'il imposera à l'État et à ses agents. Voyez, Messieurs, comme tout cela est simple et évident, et cependant comme le résultat est grand ! Reportez votre pensée sur ce que vous connaissez, sur ce que vous avez sous les yeux, hommes et choses, et dites-vous ce qu'on obtiendrait, je ne dis pas avec de la bonne volonté, je dis avec de la probité et de la conscience. Comment, si l'on n'obéit pas aux lois, prétendre soi-même à l'obéissance quand on a l'honneur et le péril de commander ? Pourquoi encore le père de famille n'expliquerait-il pas à ses enfants les lois et l'histoire de son pays, comme autrefois il leur expliquait l'Écriture sainte ? le code fait assez bonne figure en face du Deutéronome, et les exploits des Duguesclin et des Bayard valent bien ceux des rois de Juda.

Quels moyens, Messieurs, pour arriver à un but aussi désirable, j'ajoute aussi nécessaire ? Tous les moyens à la fois, pourvu qu'ils soient loyaux, que l'enseignement se fasse à ciel ouvert, et ne contienne que ce qui peut être enseigné. D'abord je voudrais qu'on en eût le temps, que l'instruction gagnât les heures que pourrait perdre le travail, et comme cela ne ferait sur chaque journée qu'une réduction minime, tous y gagneraient, les uns en entretenant une bonne intelligence chaque jour plus nécessaire, les autres en bienveillance, en santé, en moralité. Puis viendraient la lecture en famille, le livre ; puis l'école, dans l'école les leçons, et surtout les leçons de choses ; pour les adultes, outre les cours du soir, les bibliothèques de quartier, les bibliothèques de fabrique, comme en Angleterre, comme aux États-Unis, où cela fonctionne admirablement, au grand profit du patron comme de l'ouvrier. Mêmes établissements dans les communes, à la mairie, à l'école, partout où l'État a la haute main et fait flotter son drapeau. Ce seraient encore les voyages, les expositions, les traités spéciaux, clairs, précis, toujours au courant, les conférences, les cartes et tableaux, principalement les cartes du pays et du département. Ce seraient encore les publications à bon marché, les éditions populaires. Il n'y a pas jusqu'aux journaux, jusqu'aux almanachs, qui ne puissent être de bons moyens de propagande. Jamais l'homme qui a de bonnes intentions et des vues véritablement honnêtes n'a eu plus de moyens de connaître et de connaître bien.

Sans doute, et pourtant ce n'est pas tout : ce n'est pas assez. Hélas ! Messieurs, où allons-nous, et que deviendront les intentions les meilleures et les plus sincères, si ceux que nous sommes habitués à respecter, que nous voudrions aimer, nous font défaut et ne concourent pas, eux aussi, à cette œuvre régénératrice ? Où placez-vous le patriotisme, vous qui méconnaissez cette histoire si pleine du temps présent, et qui demeurez seurds à la voix de la patrie ? Qu'espérez-vous de cette sourde opposition, de cette ligue occulte, qui ne saurait engendrer que le malaise, sans aucun profit pour un passé dont la chute est irrémédiable ? Si ce qui se passe autour de nous ne vous suffit pas, contemplez la vieille Europe, entre la Turquie, qui bientôt cachera son agonie sur la rive asiatique, et l'Angleterre, qui déclare elle-même n'appartenir à aucun continent ! Ce n'est pas en se réfugiant dans le passé, et en cachant sa tête sous son aile, comme l'autruche, qu'on échappe au péril, et si l'on veut terminer paisiblement une carrière honorée dans *un heureux coin de terre*, il faut savoir obéir à la voix de son pays, comme l'a fait l'illustre M. de Montalivet.

IV.

Je voudrais, en terminant ce court exposé, trop long peut-être pour quelques-uns, lui donner un corps, et rendre plus sensible le but que je me suis proposé d'atteindre : je le ferai en peu de mots.

Si dans la vie quotidienne,

L'ami du genre humain n'est pas du tout mon fait,

dans la vie publique, le citoyen de l'univers, comme on n'en voit que trop aujourd'hui, ne me sourit pas davantage. Son langage emphatique, ses habitudes cosmopolites, ses mœurs douteuses, ses connaissances superficielles, sa morale aussi vague que commode, son irresponsabilité réfléchie, son influence dangereuse, tout me met en garde

et m'éloigne de lui. Ou bien c'est un idéologue, c'est-à-dire un homme qui se repaît de chimères et qui n'entend rien aux affaires des autres, ou bien c'est un politicien qui fait modestement de la vie politique sa profession pour échapper au fardeau de la vie de famille, et qui, en affaires, entend fort bien les siennes ; il arrive même souvent que l'idéologue ou le politicien est doublé d'un fou. Dieu nous préserve de nous laisser conduire par un tel guide, incapable de se diriger lui-même ! Il se heurterait à tous les obstacles de la route, et nous entraînerait fatalement dans sa ruine.

Voici, d'autre part, une autre espèce d'homme qui borne son ambition à être le citoyen de sa ville ou de sa bourgade (il y a, Messieurs, des bourgades de quarante mille habitants !) ; cet homme, bourgeois ou rentier, s'obstine à rebadigeonner périodiquement son pignon héréditaire, où le même carreau est cassé depuis un quart de siècle ; ou bien c'est un patron qui ne voit que son industrie, comme Benoîton ne voyait que la literie et les sommiers compensateurs ; c'est encore un esprit étroit, qui ne lit qu'un journal, la feuille de l'arrondissement, ou une âme timorée qui n'entend qu'une cloche et qu'un son. Pour lui la vie n'a pas de phases : ce qu'il a été enfant ou adolescent, il continue de l'être dans l'âge mûr ; le milieu dans lequel il végète lui donne sa couleur, et cette couleur il la reproduit avec la fidélité d'un miroir. Il s'agite, et croit agir ; il est dominé dans la vie de chaque jour par l'esprit de routine, par l'esprit de coterie, par l'esprit de caste, par l'esprit de secte, par l'esprit de parti, par tout ce qui manque d'esprit. Serait-ce donc là un citoyen ? Serait-ce un patriote ? Messieurs, cela ne se peut pas : les petites idées ne peuvent habiter avec les grandes ; je vois là de l'égoïsme, de l'entêtement, de la sottise ; j'y cherche en vain le dévouement, l'abnégation, l'amour de la patrie.

Le vrai patriote, l'homme utile, l'homme honorable et digne de respect, empruntera aux mœurs de la ville ou de la bourgade la vie régulière, qui conserve et ennoblit ; l'économie qui, à la longue, assure l'indépendance ; les vertus de famille, qui donnent la plus souhaitable des habitudes, celle du bien. Il pourra même emprunter au citoyen de l'univers quelques idées générales qui lui permettront de voir plus loin et plus haut, sans cesser de voir de près. Mais, plus savant que tous les deux, et plus sérieusement savant, plus instruit de ses droits, et plus soigneux de les défendre, plus appliqué à ses devoirs, plus libre dans ses allures, il sera meilleur et plus fort ; il échappera à la direction intéressée de gens de toute sorte qui, sous prétexte de défendre des principes qui ne sont pas attaqués, voudraient encore être seuls les maîtres, et demeurer privilégiés quand il n'y a plus de priviléges. Il sera un homme, enfin, pensant par lui-même, agissant lui-même, ne demandant ses inspirations qu'à son instruction et à sa conscience, et sachant qu'en travaillant pour la patrie il travaille aussi pour lui.

C'est, Messieurs, avec des hommes de cette sorte que se vérifiera tout à fait l'éloge donné par un Anglais à la France contemporaine. On vantait devant cet insulaire la richesse et la puissance de la Grande-Bretagne, ses colonies populeuses, ses flottes innombrables, son incontestable supériorité maritime. — « Oui, dit-il, tout cela est vrai, mais chez nous, entre l'aristocratie et la populace il n'y a pas d'intermédiaire, il y a tout au plus quelques milliers de familles. Ce qui nous manque, c'est votre admirable classe agricole, vos paysans (your peesantry); voilà ce que nous n'avons pas. » L'Anglais avait raison, Messieurs; elle est là tout entière, cette vaillante nation française, et quand nous l'aurons complètement éclairée sur ses intérêts, que nous l'aurons rendue aussi savante qu'elle est sage et laborieuse, personne, ni au dehors, ni au dedans, n'osera toucher à la République!

Caen, Typ. F. Le Blanc-Hardel.